L'espionne se méfie

Marie-Aude Murail est née d'un père poète et d'une mère journaliste. Sur les quatre enfants de la famille, trois sont écrivains et l'aîné est musicien. Marie-Aude Murail écrit pour les adultes et pour les jeunes. Ses ouvrages ont été publiés chez Bayard Éditions, Nathan, Gallimard, Le Seuil et L'École des Loisirs.

Du même auteur dans Bayard Poche :
L'oncle Giorgio - Le visiteur de minuit - Les secrets du Docteur Magicus - L'or des mages - Noël à tous les étages - Graine de monstre - La série L'espionne (J'aime lire)

Frédéric Joos est né en 1953 à Alger. Il a appris le dessin en autodidacte et illustre aujourd'hui des magazines chez Bayard Presse et des livres aux éditions Milan, Gallimard Jeunesse et Hachette.

Du même illustrateur dans Bayard Poche :
La maîtresse est amoureuse - La série L'espionne - *La confiture de leçons* (J'aime lire)

Dépôt légal : janvier 2004
Loi du 16 juillet 1949 sur les publications destinées à la jeunesse.

L'espionne se méfie

Une histoire écrite par Marie-Aude Murail
illustrée par Frédéric Joos

J'AIME LIRE
BAYARD POCHE

1

Les Gueugueus sont parmi nous

Je ne sais pas qui a parlé à Erwan du club d'espionnage que j'ai fait dans ma classe de CM1. Mais maintenant, il y a un deuxième club d'espionnage dans notre école. C'est Erwan qui l'a fait avec des CM2. Comme ils n'ont aucune idée d'espionnage, ils ne font que nous espionner.

J'ai rassemblé Emmanuel, Mehdi, Grégory n° 1 et Grégory n° 2. J'ai dit :

– On va faire du contre-espionnage.

Angelo a ajouté :

– On va espionner les espions qui nous espionnent.

Lui, je ne l'avais pas rassemblé. Il est venu tout seul.

– C'est des Russes, les CM2 ? a demandé Emmanuel.

La semaine d'avant, les Russes étaient nos ennemis. Mais j'ai eu envie de changer. J'ai dit :

– Non, c'est des Envahisseurs, plutôt.

Tout le monde a fait : « Ah, ouais ! » et on a mis nos idées ensemble. D'abord, on a décidé

que les Envahisseurs venaient d'un autre système solaire, où le soleil serait mort de froid.

– Ils viennent de la planète Gueugueu, a dit Grégory n° 2.

Il est moyen en inventage, le n° 2. Mais on n'avait pas d'autre idée de nom. Angelo s'est mis à chantonner :

– Les CM2, c'est des Gueugueus. Les CM2, c'est des Gueugueus.

Je me méfie d'Angelo parce que, avec lui, tout tourne en rigolage. On ne peut pas faire de l'espionnage sérieux. J'ai dit :

– Les Envahisseurs, on les reconnaît à un signe. Ils l'ont dit à la télé. C'est un signe « distinctif ».

– Hein ? Qui ? D'où ? a fait Emmanuel, qui ne comprenait déjà plus rien.

– Ils ont six doigts de pied, a dit Angelo en baissant la voix comme si ç'avait été un secret.

– Qui ? Les CM2 ? a demandé Emmanuel.

Six doigts de pied... C'est malin comme signe distinctif ! J'ai crié :

– Mais on ne pourra jamais les démasquer !

– Les démasquer, ça sert à rien, a répondu Angelo. Il faut plutôt les déchausser.

Mes espions se sont tous mis à rigoler comme des grosses baleines. Je ne me suis plus occupée d'eux. J'ai sorti mon carnet d'espionnage, et j'ai fait le compte rendu de notre réunion d'espionnage :

J'ai refermé mon carnet, et j'ai dit à mes espions :

– J'ai un plan. On va réutiliser Mano le robot.

Emmanuel a été très content de la nouvelle parce que c'est lui qui fait le robot avec une antenne de talkie-walkie sous son pull. Je lui ai expliqué qu'on allait le téléguider jusqu'à Erwan et qu'il lui ferait tomber un cartable très lourd sur les pieds.

– Ah ouais ! a fait Mehdi. Comme ça, Erwan crie : « Nom d'un Gueugueu ! » et il se trahit.

J'ai haussé les épaules. Les garçons sont vraiment des nuls en inventage.

J'ai crié :

– Mais non ! Erwan va se déchausser pour voir s'il n'a pas un de ses douze doigts de pied de cassé.

On a décidé qu'on allait faire l'entraînement de notre robot. Il fallait un volontaire pour jouer le rôle d'Erwan. Mais personne ne voulait recevoir un cartable sur les pieds. J'ai dit :

– D'accord. C'est moi. Mais vous me mettez tous vos bonnets et vos écharpes sur les chaussures pour amortir le choc.

Mano s'est mis à avancer tout raide comme

un robot en tenant le cartable au bout de ses bras. Il l'a lâché sur mes pieds. J'avais quatre bonnets et trois écharpes sur mes chaussures, mais ça m'a fait drôlement mal quand même. Il pèse deux tonnes, le cartable d'Emmanuel. J'ai crié : « Aïe, ouille ! » Les autres rigolaient. J'ai hurlé :

– J'ai peut-être vraiment un doigt de pied de cassé !

– Pas grave, a dit Angelo. Il t'en reste encore onze.

On s'est regardés. Angelo m'a fait une grimace. Avec ses cheveux en hérisson et ses yeux tout clairs, il fait penser à un diable. Ou à un Gueugueu.

2

Tout en bleu

L'après-midi, madame Maillard, notre maîtresse, nous a fait faire une rédaction. C'était trop fastoche. Il fallait dire nos trois souhaits si on rencontrait la fée Bleue. Moi, j'ai écrit : « Je veux une Barbie princesse des fleurs parce que j'ai coupé les cheveux de la mienne et elle est atroce. Je veux un camping-car Barbie parce que je l'ai, mais la porte ne ferme plus. Et je veux la piscine Barbie parce que j'ai le vieux modèle de ma sœur et sur le nouveau, il y a un toboggan. » Pendant que tout le monde écrivait, Angelo m'a fait passer un papier par Léa et Mehdi. Je l'ai lu. C'était marqué :

C'est possible, d'ailleurs. On ne l'a jamais vue pieds nus.

– Les enfants, pendant que j'y pense, a dit notre maîtresse, pour jeudi, apportez un maillot de bain et une serviette. Nous allons commencer l'activité piscine avec les CM2.

J'ai regardé mes espions. La piscine ! Ça tombait à point nommé, comme on dit dans Fantômette.

Quand je suis arrivée à la maison, je me suis

fait la réflexion qu'on ne voit pas souvent les pieds des gens. Je ne me souvenais même plus comment étaient ceux de ma sœur ou de mon frère. Et les miens ? J'ai enlevé mes chaussures et mes chaussettes, et je les ai regardés. Il y avait bien dix doigts de pied en tout. Je les ai agités pour vérifier si cet imbécile de robot ne me les avait pas cassés. Puis j'ai eu une super idée. Ma sœur Boubouillasse a treize ans et du vernis à ongles bleu. Maman le lui a acheté

pour la consoler parce qu'elle n'a pas d'amoureux. En fait, Boubouillasse n'a toujours pas d'amoureux. Mais elle crâne parce qu'elle a des ongles bleus et elle dit qu'à mon

âge je n'ai pas le droit d'en faire autant. J'ai décidé d'aller lui piquer son vernis et d'en mettre sur mes ongles de doigts de pied... Vite, je suis allée le chercher. Vite, j'ai ouvert le flacon. Hmm, j'adore l'odeur.

Mais je ne sais pas comment font les dames pour mettre du vernis sur les ongles des pieds. C'est hyper difficile. J'en ai mis plein à côté, et ça collait les doigts de pied ensemble. En plus, ça ne partait pas du tout avec ma gomme. Pour finir, j'ai renversé le flacon ouvert sur mon bureau et j'en ai perdu beaucoup. Ma sœur allait s'en apercevoir. J'ai rajouté de l'eau, mais ça ne se mélangeait pas. L'eau flottait au-dessus parce que le vernis est plus épais. J'ai pensé que ce serait mieux avec du yaourt. Du yaourt teinté en bleu avec ma peinture. En fait, ça n'était pas formidable non plus.

Le jeudi, le car nous attendait devant l'école pour nous emmener à la piscine. Erwan a donné un mot à sa maîtresse, mademoiselle Lepic.

– Bon, a dit mademoiselle Lepic en lisant le mot. Si tu as le rhume, tu es dispensé de piscine.

Trop fort ! Erwan faisait semblant d'avoir

le rhume pour qu'on ne puisse pas voir ses pieds. Mes espions et moi, on s'est regardés d'un air entendu, comme on dit dans Fantômette.

Une fois à la piscine, quand j'ai enlevé mes chaussettes, j'ai regretté de ne pas avoir aussi un mot de ma maman pour être dispensée. J'ai caché mes pieds sous le banc en attendant d'aller à la douche. Mais je ne pouvais pas marcher avec les doigts de pied repliés. Donc, les filles de la classe ont vu le vernis bleu. Elles se sont un peu moquées, mais ce n'était pas le pire.

Au bord de la piscine, on a retrouvé les garçons de la classe. Je n'aime pas beaucoup l'eau froide, mais j'aurais bien voulu plonger tout de suite. Angelo m'a regardée dans les yeux. Il a souri. J'ai souri aussi et j'ai pensé : « Oh là là, pourvu qu'il ne regarde pas mes pieds ! » Mais c'est un garçon, Angelo. Il m'a regardée du haut jusqu'en bas. Il a relevé les yeux et il m'a demandé :

– Sur quelle planète on a les pieds bleus ?

3

Enquêtage et vérifiage

Notre maîtresse nous a rendu nos rédactions. Elle a dit qu'on n'avait aucune imagination. Elle m'a mis 6 sur 10 parce que j'ai fait ma liste pour le Père Noël, et ce n'était pas du tout ce que voulait la fée Bleue. Quelle enquiquineuse, celle-là !

– Enfin, quoi ! s'est énervée la maîtresse. Vous n'avez pas de jolis souhaits dans votre

cœur ? Vous auriez pu demander la paix sur la terre ou bien à être transformés en sirène pour une journée ou bien à pouvoir voler avec les oiseaux !

On regardait la maîtresse, la bouche grande ouverte. Elle est forte en inventage, elle ! Mais elle s'est encore énervée :

– Qu'est-ce que vous avez à me regarder comme ça ? Je ne suis pas une extraterrestre, quand même !

J'ai baissé les yeux sur ses chaussures. Madame Maillard ne s'est pas baignée à la piscine avec nous et pourtant, elle n'avait pas le rhume. Alors, méfiance. Sur mon carnet d'espionnage, j'ai trois colonnes : les humains, les Gueugueus et les avec un point d'interrogation. J'ai mis la maîtresse sous le point d'interrogation.

À la récré de la cantine, j'ai dit à mes espions de déchausser un pied pour qu'on soit vraiment sûrs. On a compté. Grégory n° 1 : cinq doigts de pied. Grégory n° 2 : cinq doigts de pied. Mais il pourrait se les laver.

– Qu'est-ce que vous faites ? a dit une voix au-dessus de nos têtes.

C'était Évelyne, la maîtresse des CE2. On était tous assis par terre avec un pied tout nu. Heureusement, je suis très forte en mensonges, et j'ai répondu tout de suite :

– On se montre nos verrues plantaires qu'on a attrapées à la piscine.

Évelyne a eu l'air étonné, mais elle a juste dit de remettre nos chaussures parce qu'on allait prendre un rhume.

Une fois à la maison, j'ai pensé qu'il fallait que je fasse le vérifiage des pieds de toute ma famille. Pour ma sœur Boubouillasse, j'ai eu beaucoup de chance. Au dîner, elle est arrivée, catastrophée, avec son vernis à ongles bleu. Elle a dit à Maman :

– Regarde ! Il a tourné...

Elle a sorti le petit pinceau, qui était plein de grumeaux moisis. J'ai dit ce que dit toujours Angelo à la cantine :

– C'est immonde !

Maman a dit de le jeter et qu'elle en achèterait un autre.

– Et d'une autre couleur, a dit Papa parce qu'il n'aime pas le bleu à ongles.

– J'en ai vu un jaune d'or, a dit ma sœur, toute contente.

– Jaune d'or, a soupiré Papa en prenant son air tout raplapla.

À mon avis, il n'aime pas le jaune d'or non plus. Le lendemain, ma sœur m'a montré ses ongles tout jaunes. C'était immonde. J'ai dit :

– Tu devrais en mettre sur tes doigts de pied aussi. Ce serait top classe.

– Tu crois ?

Elle a enlevé ses chaussons, ses chaussettes. Je retenais ma respiration tellement j'avais peur que ce soit une Gueugueu. Mais non. J'ai fait : « ouf ».

– Quoi, « ouf » ? a demandé ma sœur.

Je n'ai rien répondu mais j'ai couru dans ma chambre prendre mon carnet d'espionnage. J'ai mis « Boubouillasse » dans la colonne des humains.

Le problème, c'est que mon frère, Noël, ne met pas de vernis à ongles. Comment savoir s'il était un Gueugueu ou pas ? Un moment, j'ai pensé me cacher dans la salle de bains, derrière les peignoirs, et espionner mon frère quand il va prendre sa douche. Mais Noël a dix-neuf ans et c'est un peu embêtant. J'ai pensé à une autre solution. Noël aime bien qu'on le prenne en photo parce qu'il se trouve très beau. L'été, on fait des photos sur la plage. Et quand on est sur la plage, hein ? On est pieds nus. Avec une loupe, je pourrais sûrement faire le comptage des doigts de pied.

Je suis allée dans la chambre de Noël et j'ai fouillé dans ses tiroirs. D'abord, j'ai trouvé une photo de son amoureuse, Arielle. Et puis, oh là là, j'ai vu une autre photo qu'il aurait mieux fait de cacher. Elle avait été prise sur la plage cet été, et Noël était entre deux filles qui ne ressemblaient pas du tout à Arielle. On voyait très bien les mains de Noël sur les épaules des filles, une à droite, une à gauche. Mais on ne voyait pas du tout les pieds à cause du sable.

En fait, je ne crois pas que Noël soit un Gueugueu. C'est plutôt un dragueur, comme dit Papa. J'ai mis la photo tout au fond du tiroir, et Noël dans la colonne des humains (dragueurs).

4

Toujours le soupçon

Il me restait à vérifier si Papa et Maman étaient aussi des humains. Évidemment, ça n'est pas agréable de soupçonner ses parents. Mais j'ai pensé qu'ils pouvaient être des copies de mes parents, des Gueugueus déguisés, et mes parents, les vrais, auraient été enlevés par une soucoupe volante. Ce sont des choses qui arrivent dans la vie. Alors, méfiance.

J'avais un plan assez compliqué pour savoir la vérité. J'ai mis mon réveil à sonner à deux heures du matin. Je me suis réveillée en pleine nuit, et j'ai crié : « Papa ! Papa ! » en prenant le ton du cauchemar.

J'ai entendu Papa qui arrivait en se cognant dans les meubles et en disant des gros mots.

– Qu'est-ce qu'il y a ?

J'ai pleurniché :

– J'ai fait un rêve de squelettes... Allume la lumière.

Papa a allumé. Mais j'ai été super déçue. Je pensais qu'il arriverait pieds nus. Il avait mis ses chaussons. Alors, j'ai eu une autre idée. J'ai pleurniché :

– Et j'ai rêvé que tu avais des pieds de diable.

Je n'ai pas parlé des six doigts parce que, si c'était un Gueugueu déguisé, il aurait des soupçons.

– Des pieds de diable ? a répété Papa.

Là, j'ai senti qu'il se méfiait et qu'il ne voudrait pas me montrer ses pieds.

J'ai encore pleurniché :

– Ouiiii... Tu n'as pas des pieds de diable ?

Maman est arrivée, elle aussi, dans ma chambre :

– Qu'est-ce qu'elle a ?

Papa a répondu :

– Elle me réveille à deux heures du matin pour savoir si j'ai des pieds de diable.

J'ai dit en pleurant :

– Avec des saboooots !

Maman a regardé si j'avais de la fièvre. Moi, j'étais de plus en plus déçue parce que Maman avait aussi mis ses chaussons ! Papa m'a donné de l'Aspégic. Maman m'a fait une tisane bien sucrée. Ils sont très gentils, mais, comme je n'ai pas vu leurs pieds, j'ai été obligée de les mettre tous les deux dans la colonne avec un point d'interrogation.

5

Disputages

Dans la colonne des Gueugueus, j'ai mis Erwan et la fée Bleue. Mais Emmanuel n'était pas d'accord parce qu'il avait la cassette de *Pinocchio* chez lui, et il trouvait que la fée était jolie. Angelo s'est moqué :

– Tu es amoureux de la fée Bleue ou quoi ?

– Et alors ? a dit Emmanuel. J'ai le droit.

– C'est nul, d'être amoureux, a dit Angelo en me regardant dans les yeux.

Je n'ai rien répondu, mais je l'ai mis dans la colonne des Gueugueus.

– Je m'en fiche, a dit Angelo. De toute façon, avec tes pieds bleus, tu es plus gueugueu que moi.

J'ai crié :

– Je vais dire à Mano le robot de te pulvériser.

– J'ai pas peur ! a crié aussi Angelo. Je fais de la boxe thaïe.

Il a fait un coup de pied thaï, juste pour montrer. Pas de chance, il a cogné le bras de Mehdi, qui a crié :

– Tu es gueugueu dans ta tête, toi !

– Gueugueu, toi-même !

À la fin de la récré, on était tous fâchés et ma colonne de Gueugueus était pleine. On ne pouvait plus jouer à rien. C'était la fin de mon club d'espionnage, et tout ça par la faute d'Angelo.

À la récré de la cantine, j'étais toute seule, assise par terre, en train de faire des gribouillages sur mon carnet. En fait, j'écrivais le nom d'Angelo avec plein de gros mots autour. Angelo s'est approché. J'ai refermé mon carnet. Il y a une chose que je n'ai pas dite sur Angelo. C'est qu'il est aussi beau que la fée Bleue, mais en garçon. Il s'est assis à côté de moi, et il m'a demandé :

– Tu écris quoi ?

– Rien, rien.

Il m'a proposé :

– Si on dirait que l'école, c'est la planète Gueugueu ?

Finalement, c'est ce qu'on a décidé avec mes espions. On est tous des Gueugueus et, comme c'est ici, notre planète, on est tous des gentils. Les méchants, ce sont les humains. Emmanuel avait un peu de mal à comprendre. Il a demandé :

– Mais la fée Bleue, elle est dans quelle colonne ?

– La colonne des idiotes, a répondu Angelo.

Après, Emmanuel n'a plus rien demandé parce qu'il boudait.

En classe, je me suis fait disputer par la maîtresse parce que j'avais oublié de faire signer ma rédaction. Madame Maillard m'a dit :

– Tu vas me copier vingt fois : « Je dois faire signer mes devoirs. »

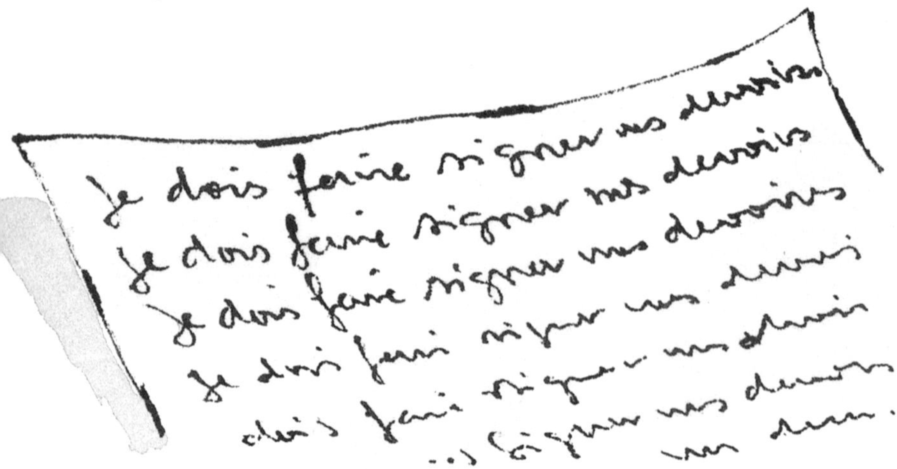

Ça m'est égal. J'ai mis la maîtresse dans la colonne des humains. Tant pis pour elle.

Le soir, j'ai apporté ma rédaction à Maman pour qu'elle la signe.

– 6, a dit Maman. Ce n'est pas fameux.

J'ai expliqué :

– Oui, mais Emmanuel, il a eu 2.

Maman a lu ma rédaction. Elle a fait :

– Quand même, tu aurais pu inventer autre chose. Tu n'avais pas d'idées ?

J'ai secoué la tête et j'ai dit :

– Ben non. C'est la maîtresse qui a de l'imagination.

L'espionne

Retrouve Romarine, l'héroïne de Marie-Aude Murail, dans les autres titres de la série.

Romarine, neuf ans, est *L'Espionne*, celle qui veut tout comprendre, tout savoir, des gens qui l'entourent. Son imagination débordante et ses méthodes d'investigation originales l'entraînent dans des situations hilarantes. Des intrigues enlevées, drôles et pleines de tonus !

L'espionne, n° 149

Romarine a bien des soucis. Tout d'abord, elle a eu une mauvaise note à l'école, qu'elle doit faire signer par ses parents. Puis elle a surpris sa sœur en train de fumer et, enfin, elle a découvert son frère enlaçant une jeune fille dans sa chambre ! Romarine, qui souhaite devenir espionne, va devoir régler ces problèmes au plus vite !

L'espionne fonde son club, n° 150

À l'école, Romarine a fondé un club d'espionnage avec quatre amis. Leur première mission : découvrir le prénom de la maîtresse sans se faire remarquer. Mais attention à Angelo ! Il a bien envie de le savoir avant elle ! Et ça, Romarine ne peut l'accepter !

L'espionne joue à l'espion, n° 155

Romarine est persuadée que ses nouveaux voisins cachent quelque chose de suspect. Avec son club, elle commence l'enquête dans l'escalier… Catastrophe ! Sa voisine la prend pour un garçon et l'invite à rendre visite à son fils !

L'espionne sauve la planète, n° 157

Romarine et son club d'espionnage sont en sortie de classe. Leur objectif : nettoyer la plage du Grand Crohot. Ils ont un appareil à détecter les bombes, et vingt minutes pour sauver la planète. Romarine et son équipe réussiront-ils leur mission ? C'est sans compter avec Angelo. Lui aussi a une idée qui fait boum !

L'espionne arrête d'espionner, n° 166

Romarine s'occupe des affaires de cœur de son frère et de sa sœur. Mission délicate ! Noël a deux amoureuses ; Boubouillasse, elle, n'a personne. Romarine les espionne pour tenter de les aider, mais ils ne sont pas tout à fait d'accord… L'ambiance familiale est explosive !

L'espionne allume son robot, n° 168

Le club d'espionnage de Romarine a décidé de s'équiper d'un robot pour les missions dangereuses. Romarine réussit à transformer Emmanuel en robot. Mais, très vite, Mano le robot devient incontrôlable… Romarine va-t-elle se sortir d'affaire ?

L'espionne s'énerve, n° 172

Romarine est très énervée : papa ne veut jamais qu'elle aille dormir chez des copains, sous prétexte que c'est des garçons qui l'invitent ! En plus, Gabrielle, la nouvelle de sa classe, est toujours collée aux baskets d'Angelo. Mais l'espionne ne se laissera pas prendre son amoureux !

Les premiers romans à dévorer tout seul

Se faire peur et frissonner de plaisir Rire et sourire avec

des personnages insolites Réfléchir et comprendre la vie de

tous les jours Se lancer dans des aventures pleines de

rebondissements Rêver et voyager dans des univers fabuleux

Le drôle de magazine qui donne le goût de lire

- un roman inédit illustré
- des jeux pour s'amuser et être créatif
- la célèbre BD de Tom-Tom et Nana et bien d'autres surprises !

Le 1er magazine des 7-10 ans

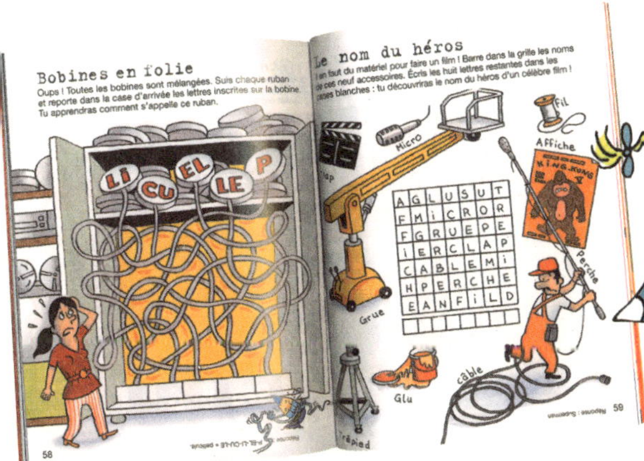

Disponible tous les mois chez votre marchand de journaux ou par abonnement.

Maudit Manoir

Dans le manoir de Mortelune vit une bande de monstres affreux, méchants et bagarreurs : tu vas les adorer !

Retrouve les héros de Maudit Manoir dans le magazine *Astrapi.*

Achevé d'imprimer en mars 2003 par OBERTHUR Graghique
35000 RENNES – N° Impression : 5434
Imprimé en France